Umschlaggestaltung: Dr. G. Walter
Herstellung : Libri Books on Demand
e-mail-contact: dr.g.walter@t-online.de
internet: http://www.eufatum.de
ISBN 3-8311-0278-3

Es gibt im Menschenleben
Augenblicke,
wo er dem Weltgeist näher ist
als
sonst
und eine Frage frei hat an das
Schicksal.

(Schiller, Wallensteins Tod, II, 3 (Wallenstein)

Dieses Buch ist meinen Allerliebsten

Gewidmet:

Meiner Frau Jutta

Und

Meiner Tochter Sarah Catalina Alexandra

Seine Schritte waren schnell, jedoch nicht zu hastig. Die schwarzen Halbschuhe, die er trug, setzten beim Gang über diese Brücke sicher auf. Den Fluß, den er überquerte, kannte er schon sehr lange. Die Gegend war ihm durchaus vertraut. Etwas sentimental dachte er über den ihm nur allzu heimatlich klingenden Namen dieser Stadt nach. „Saarbrücken" war sicherlich eine wunderschöne Stadt. Besonders schön wohl aber auch deshalb, weil es die Stadt seiner frühen Kindheit war. Es hätte natürlich auch jeder beliebige andere Ort sein können. Eine Brücke wie diese wollte er immer schon einmal überqueren, um endlich am anderen Ufer sein fernes Ziel zu erreichen. Sein Schuhwerk war sorgfältig ausgewählt. Es hatte am Fußrist statt der sonst üblichen Schnürsenkel ein kleines, schmales, dehnbares Band. Daraus ergab sich für den Träger der unschätzbare Vorteil, daß er seinen schmerzenden Rücken nicht unnötig krümmen mußte, um bequem in diese Fußschoner zu schlüpfen. Er wußte sehr wohl, wie behutsam er mit seinem Rücken, dieser gequälten Krücke des Menschen, umgehen mußte. Nur allzu viele Menschen unterschätzten den Einfluß ihres schmerzenden Rückens auf ihr ganz persönliches Leben. Dem Diktat ihres Rückens, das wußte er nur allzu genau, mußten sich zahlreiche Menschenkinder Zeit ihres Lebens beugen.

Zur linken Hand sah er dieses große, etwas monumental anmutende Gebäude, das er in früheren Jahren des öfteren betreten hatte. Sein Blick glitt unversehens zu seinem linken Handgelenk, dorthin, wo seine Augen eine Zeitanzeige erwarten durften. Doch lange schon trug er keine dieser einfach nur zu teuren Uhren mehr. Beim Gedanken an die Zeit mußte er ein wenig lächeln, denn was sollte diese Zeit schon aussagen? Die meisten Menschen trugen eine Uhr, ihre Uhr, also ihre Zeit, am Handgelenk, in fast jedem Auto fand man am Armaturenbrett eine Uhr, jeder Kirchturm, ob klein ob groß, kündete von fern schon die angebliche Zeit an. Und damit nicht genug, auch der Glockenschlag war von jeher ein vertrautes akustisches Signal, ein Zeichen, das Glauben machen wollte, daß wieder einmal eine Stunde vollendet sei. Es drängte sich fast der Eindruck auf, daß die Zeit extra für den Menschen erfunden worden sei. Um die Existenz dieser Zeit –

Illusion zu dokumentieren und auch vielleicht diese zu beweisen, hatten die Menschen in ihrer Einfalt überall diese teilweise recht sonderbar geformten Zeitmesser installiert. Die Formvielfalt dieser Instrumente kannte offensichtlich keine Grenzen. Auch er hatte ja einen zu einem definierten Zeitpunkt festgesetzten Termin, den er unter gar keinen Umständen versäumen wollte. Dennoch überkam ihn, als er diese Kathedrale des Glaubens, die sie „Christ König" nennen, erblickte, ein flaues, leicht beklemmendes und doch freundliches, wohlwollendes, weil vertrautes Gefühl. Die Menschen, die ihm bei seinem gemessenen und abmessenden Gang begegneten, kümmerten ihn nicht viel. Auch seine Gestalt kümmerte diese Menschen durchaus nicht viel. Dennoch durfte er sicher davon ausgehen, daß seine körperliche Erscheinung, soweit menschliches Auge bereit war, diese wahrzunehmen, ein gerüttelt Maß an Verwunderung hervorrufte. Schließlich hatte er es seit geraumer Zeit aufgegeben, sich gemäß geltender, alt hergebrachter Konventionen und Traditionen zu kleiden. Er trug einen dunkelblauen Umhang, der in strengen, kräftigen Falten wie ein Poncho von seinen eher breiten Schultern bis zu den Beinen herabfiel. Seine Bewegungen erhielten hierdurch eine geordnete, fast würdevolle Ausdruckskraft. Verstärkt wurde dies durch sein langes, im Laufe der Jahre weiß gewordenes, gewelltes Haar, das seine Schultern lockig umspielte. Die feinen Züge seines Gesichtes, die sich hinter den tiefen, vom Leben geschriebenen Furchen zu verbergen suchten, ließen auch bei aufmerksamer Beobachtung kein Arg erkennen. Selbst die kräftigen Augenbrauen und der kleine Schnurrbart hatten sich im Laufe seines körperlichen Wandels der Haarfarbe angeglichen. Der Glanz seiner Augen spiegelte die Klarheit seines Denkens. Ein Besitz, der ihm von Anfang an einen steinigen Weg vorzeichnete.

Obwohl der kurz bevorstehende Termin seine Gedanken fest gepackt hatte, spürte er doch den inneren unwiderstehlichen Drang wenigstens für einen kurzen Augenblick in diese Geborgenheit heischende Kathedrale zu entweichen. Die beiden Herren, mit denen er sich schon vor Zeiten verabredet hatte, müßten eben etwas warten.

Die Kirche mit ihren hohen Säulen und dem hohen Dach gefiel ihm gut. Man spürte keinerlei Beengung: ein Ort, wie geschaffen für phobisch besetzte Menschen. Lediglich die Kühle, die seine Wangen sanft streichelte und unter dem unteren Randsaum seines Umhanges langsam aufstieg, ließ ihn ein wenig frösteln. Seinen Blick richtete er zunächst in Richtung Altar zum Allerheiligsten. Wie in jeder Kirche blendete ihn ein wenig der üppige Gebrauch des Goldes. Der aufdringliche Glanz dieses Goldes drohte seine Sinneswahrnehmungen zu löschen. In einer der vorderen Reihen der

Sitzbänke erkannte er dennoch gleich zwei unauffällig wirkende Menschen, einen Mann und eine Frau. Intuitiv suchte er in menschlicher Schwäche ihre Nähe, jedoch wollte er keineswegs aufdringlich sein. In der Reihe hinter den beiden, kniete er an einem zufällig gewählten Ort auf das niedrige und harte, vor ihm stehende Bänkchen nieder. Den Kopf stützte er auf die gefalteten Hände, so daß ihm das Mittelgelenk des rechten Mittelfingers hart gegen den Unterkiefer drückte. Es war ganz still. Er konnte dadurch die leisen Worte, die die beiden Menschen flüsternd miteinander wechselten, wirklich erstaunlich deutlich hören. Die Frau, wohl offensichtlich die Ehefrau des Mannes, sagte leise: „Ich bin schon wieder schwanger." Sie mochte vielleicht 35 Jahre alt sein. Ihr rotes, langes Haar sprach den unerkannten Zuhörer visuell sehr stark an. Es ähnelte in seiner lockigen Wellung dem seinen ein wenig. Ähnliches verunsicherte ihn des öfteren, Selbstähnliches konnte ihn mitunter auch beunruhigen. Der Mann antwortete ebenso leise: „Das ist doch wirklich wunderbar, ein wahrer Grund zum Feiern. Das wird dann bereits unser drittes Kind sein. Ich freue mich riesig auf diesen Jungen." Die junge Frau entgegnete etwas zurückhaltend: „ Ja, ja; du freust dich ja über jedes deiner Kinder. Nur weiß ich nie genau, ob du dich wirklich über das Kind freust. Vielleicht freust du dich ja auch nur deshalb, weil du ganz in deinem

Innersten hoffst und wünschst, ein wenig weniger sterben zu müssen, wenn dich dereinst der Tod, dein Feind, den du am meisten fürchtest, ereilt. Größer wohl als deine Angst vor deinem Tod ist wohl auch die Angst vor dem Gesicht, das dein ganz persönlicher Tod haben wird. Für dich erfüllen alle deine Kinder nur diesen einen nicht ganz uneigennützigen Zweck. Für mich bedeutet ein jedes weitere Kind zunächst einmal nur wesentlich mehr Arbeit, Mühen und Entbehrungen. Es interessiert dich ja nur ganz am Rande, daß ich mit meinem eigenen Leben kämpfen muß und kaum zurechtkomme." Der Mann schwieg ein vorwurfsvolles Schweigen. Derartige Worte wollte er wirklich nicht hören. Ihre Akustik störte den so überaus anmutigen Entwurf seiner persönlichen Inszenierung des Weltgeschehens. Nach einer gedankenverwerfenden Pause entgegnete er etwas trotzig: „Ich nenne ihn Philipp." Auf diese Worte antwortete die Partnerin etwas gelangweilt: „ Wie du willst."

Der unerkannte, unfreiwillige Zuhörer hatte jetzt eigentlich genug vernommen. Die Begegnung mit diesem Ehepaar berührte ihn sonderbarerweise wider Erwarten mit vertrauter Abweisung. Der selbstbewußte Ehemann war wohl an die 36 Jahre alt. Da man nach der üblichen Zeitrechnung zum Zeitpunkt dieses „Treffens" bereits das Jahr 1957 schrieb, war zweifelsfrei gewiß, daß dieser Mann im Krieg gewesen ist. Er hatte als lediger Soldat eine gewisse unverständliche und unanständige Freude daran gefunden, sich freiwillig zu jedem Nahkampfeinsatz zu melden. Hier konnte er bei jedem Einsatz erneut das Weiße im Auge des Feindes, letztlich das Weiße im Auge des Todes, erkennen. Nun, er hatte damals Glück, denn immer nur sah er den Tod der anderen. Etwas eigentümlich dennoch, daß er noch lebte. Der weißhaarige Zuhörer entfernte sich lautlos. Die vernommenen Worte ließen ihm einen leichten Schauer den geplagten Rücken hinunterlaufen. Eine sanfte Träne, jenes Naß der Eigenliebe, erbarmte sich seiner jedoch nicht. Er erinnerte sich an jenen kleinen, achtjährigen Jungen mit den etwas kantig vorstehenden Stirnseiten und seinem lockigen, blonden Haar. Man hatte diesem Jungen damals lapidar mitgeteilt, daß seine Mutter in der vorangegangenen Nacht völlig unerwartet verstorben ist. Welches Gesicht hatte sie wohl in dieser Nacht gesehen? Der kleine Junge dachte in diesem Moment trotz des heftigen Wehklagens seines Bruders, daß er keine Träne vergießen dürfe. Eine Träne war unerwünscht. Wenn ein naher Verwandter und gar die leibliche Mutter stirbt, ist dies für die hinterbliebenen Kinder und die jeweiligen Ehepartner in aller Regel ein Unglück. Es ist gleichgültig, in welchem Lebensjahr ein solcher Tod eintritt. Eine Mutter stirbt immer zu früh.

Jetzt mußte er aber wirklich an seinen Termin denken.

Beim Verlassen des Gotteshauses stach ihm die leuchtende Sonne in die zuvor ans Dunkel adaptierten Augen. Der Schmerz zwang seine Blicke zunächst zu Boden. Dennoch war er sich sicher, daß sich sein Haupt vor keinem Menschen mehr senken würde: keine Träne für die Mutter, keine Träne für das Leben. Oder doch, vielleicht: ein Königreich für eine Träne!

Der Ort, den er aufsuchen sollte, war nur noch einige hundert Meter entfernt. Das Haus, das er nach einer gewissen Weile erreichte, war eher schmucklos, ganz einfach, unscheinbar. Es stand darüber hinaus in einer auffallend ärmlichen Wohngegend. Die hölzerne Tür war nicht verschlossen. Er trat ohne zu klingeln ein. Sonderbarerweise gab es in diesem Haus nur ein einziges Zimmer. Das Anklopfen ersparte er sich. Nach dem Öffnen der Zimmertür fiel sein Blick zunächst auf den Fußboden, der in dunklem Grau ausgelegt war. Die Tapeten schienen eher homogen dunkelblau. Schmale, graufarbene Leisten trennten die Raumdimensionen. Es gab nur ein kleines Fenster, kein einziges Bild. Die hereinfallenden Lichtstrahlen fokussierten auf ein dem Fenster gegenüberliegendes Wandareal zur Rechten des Neuankömmlings. Zur Linken unterhalb des Lichtbündels saß auf einem einfachen Holzstuhl ein

Mann. Es gab noch zwei weitere ebenso schlichte Holzstühle und einen hierzu passenden Holztisch. Auf eine Tischdecke oder etwa einen schmückenden Blumenstrauß war offensichtlich gern verzichtet worden. Die Atmosphäre ließ etwas Beklemmendes, etwas Unheimliches, etwas Fremdes erspüren.

„Guten Tag; ich hoffe, ich komme nicht zu spät," sagte der Weißhaarige, als er eintrat. Der Mann, der bereits einen Stuhl besetzt hatte, lächelte verschmitzt: „Nun, mein Herr, mir ist jeder beliebige Zeitpunkt an jedem beliebigen Ort dieser wohlgeformten, kugelverwöhnten Erde recht. Manch einer kommt ja nie. Viele verpassen am richtigen Ort den richtigen Zeitpunkt. Gerne unterhalte ich mich auch mit einem sogenannten „alten" Menschen. Aber was heißt heute schon „alt"? Auch ein Kind, das mit 6 Jahren sterben muß, ist mit 5 Jahren schon ein Greis. Und das Kind ist auch dann bereits in diesem Alter ein Greis, wenn es nicht an der Alterskrankheit (Progerie) erkrankt ist. Die Menschen vergessen dies nur allzu leicht. Das Alter ist eben wie die Zeit, die die Mutter des Alters ist, eine pure Illusion. Zeit ist immer jetzt. Auch das Glück, wenn es denn so etwas geben mag, ist ja auch immer jetzt. Glück ist in der Vergangenheit weder nachholbar, noch ist es in der Zukunft planbar." Die Härte und Stichhaltigkeit dieser wohlakzentuierten Worte stach tief ins Herz. Diese Sätze sprach ein sehr *feiner, schmallippiger Mund. Das Gesicht strotzte vor verschwenderischer Jugend und atemverschlagender Vitalität. Unter den dunklen Augenbrauen blitzten zwei stechende Augen. Die ausdrucksfreie Mimik ließ die persönliche Wertung des Gesagten im Verborgenen. Das wallende, gepflegte tiefschwarze Haar verstärkte im übrigen den Gesamteindruck dieser Gestalt. Trotz der Jugend des Antlitzes mußte man prima vista stechende und erstechende Intelligenz attestieren. Die beiden Augen funkelten listig und interessiert. Sie schienen mal Gutes, mal Böses zu schicken. Der ungeschützte Blick in dieses Gesicht ließ ein Gefühl aufkeimen, das dem eines Seiltänzers ähnelt, der nicht weiß, ob er beim nächsten Schritt von der Schwerkraft in die Tiefe ins Verderben gerissen wird, oder ob es ihm gelingt, die gleichgewichtigen Schritte kunstgerecht zu führen, um im tosenden Beifall des Publikums einen winzigen Funken jener immerzu erhofften Erlösung, jener endgültigen Befreiung aus der Lebensklammer zu erhaschen.*

„Nun," fuhr der bereits sitzende Mann fort, „nehmen Sie ruhig schon einmal vorsorglich Platz. Der Dritte im Bunde kommt sowieso meist zu spät". In dem insgesamt etwas abgedunkelten Raum hätte man diesen Herrn aufgrund seiner schwarzen Kleidung fast übersehen können. Seine Körperformen waren schwer wahrnehmbar, so daß auch die Zuordnung zu einem Geschlecht, eben

einem Menschengeschlecht, sicherlich unerwartet schwer fiel. Das Wesen erschien eher ungegenständlich und unfaßbar, ohne fühlbare Ausstrahlung, jedoch andererseits mit verhängnisvoller Gegenwärtigkeit und Klarheit. Eine wie auch immer interpretierbare Form von Gefühl oder gar Mitgefühl war seinen eisigen Worten nicht zu entnehmen. Der Inhalt seiner Gedanken gebar eine Aura, die trotz der Jugend neben einer unerwarteten Genialität auch die Kälte neutraler Unverrückbarkeit erspüren ließ. Dennoch war sicher, daß eine menschliche Kreatur sich dieser aufdrängenden Anziehungskraft nicht erwehren konnte. Eine Auseinandersetzung mit diesem scheinbar körperlosen Wesen zweifelhafter Integrität war offenkundig unvermeidbar.

Der Weißhaarige setzte sich. Er ließ seine Augen forschend auf dem Gegenüber ruhen. Schließlich war er bereits zu alt geworden, als daß er noch hätte erschrecken können. Die Angst, jene allgegenwärtige Geißel der Menschheit, verblaßte in seinen alternden Augen; die Peitsche schnitt bei weitem nicht mehr so tief wie früher ins lebende Fleisch. Die rechte Hand hatte sein Gesprächspartner auf den harten, hölzernen Tisch gelegt. Diese Hand bewegte sich nicht. Im Gegenteil, sie lag so ruhig und eingebettet auf der Tischoberfläche, daß auch bei intensiver Betrachtung schwer zu entscheiden war, ob diese

Hand Teil des Wesens oder Teil des Tisches war. Diese Anpassungsfähigkeit war besorgniserregend, ein gestaltgewordenes, farbloses, jedoch unfaßbares Chamäleon einer charakterfreien Lebensform.

„Ich komme spät," sagte der Weißhaarige. „Ja", antwortete der andere, „ jedoch nicht zu spät. Sehen Sie, es ist nicht Ihr Alter, das Sie alt gemacht hat. Sie sind ja nur gerade mal 40 Jahre alt. Alt gemacht, so wie Sie es sehen, haben Sie Ihre eigenen Gedanken. Sie haben in Ihrer Lebenszeit zu wenig Materie in Freude verwandeln dürfen oder können. Bei der Vielzahl und der Inhalte Ihrer bisherigen Gedanken müßten Sie eigentlich eher jugendlich erscheinen, da intensives Denken die Jugend über die Maßen nährt. Jugend ist das Glück, das aus immerwährendem Sehen, Streben und Erstaunen entsteht. Jugend im Denken ist keine Frage des kalendarischen Alters. Die Körperlichkeit, mit der Sie hier erscheinen, ist nur ein Symbol Ihrer Gedanken. Wozu suchen Sie zu ergründen, was nicht zu ergründen ist ? Wozu stellen Sie Fragen, die Ihnen kein denkendes Lebewesen je beantworten kann? Was soll dieses Lechzen nach Sinn? Sie können Ihre Fragen so oder so beantworten. Letztendlich müssen Sie doch mit mir leben oder sterben, wie Sie wollen. Vergessen Sie bitte auch nicht, völlig gleichgültig, welche ausgeklügelten Antworten Sie auf Ihre mitunter sehr spät gestellten Fragen geben: es sind immer nur unzureichende und begrenzte Menschenantworten. Sie müssen damit auskommen, nicht ich. Ihre Antworten sind immer Antworten aus Ihrer eingeschränkten Lebenserfahrung, aus Ihrer Welt allein. Jeder Mensch lebt in seiner eigenen Welt und hat deshalb seine eigenen, ganz persönlichen Antworten. Was mich betrifft, so betrachte ich das Auf und Ab mit der gebührenden Respektlosigkeit. Sie werden sehen, daß ich weder grau – noch weißhaarig werde. Oder besser gesagt: Sie werden es eben sicherlich nicht sehen".

Der Weißhaarige zog etwas seine buschigen Augenbrauen hoch und sagte:" Ich war gerade in der Kirche „Christ König" gewesen, sozusagen ein völlig spontaner, ungeplanter Besuch, der lediglich der inneren ungreifbaren Anziehung nachgab, denn Lenkung durch Gedanken erlitt. Ich habe mit freiwilliger Ungebührlichkeit dem Gespräch eines jungen Ehepaares gelauscht, das bald ein weiteres Kind, das dritte Kind im kleinen Familienkreis erwartet." „Ich weiß, Sie meinen Philipp," antwortete der andere.

„Woher wissen Sie das?"

„ Machen Sie sich darüber keine abträglichen Gedanken, ich weiß es eben", entgegnete das schwarze Wesen. „ Ich werde den Jungen ein paarmal persönlich aufsuchen müssen. Das erste

Mal, wenn er 8 Jahre alt ist, dann, wenn er 16 Jahre, 24 Jahre, 30 Jahre, 33 Jahre und natürlich wenn er 40 Jahre alt ist. Vielleicht auch später noch einmal oder mehrmals. Einmal bestimmt noch." Der „Mann" grinste bei diesen letzten Worten. Diese Worte kündeten von Zukunft. Die Mimik akzentuierte die Moralfreiheit der diesbezüglich noch bevorstehenden, gegenwärtig noch hinter einem evolutiven Schleier verhüllten Geschehnisse.

„Da Sie ja offensichtlich schon alles so genau wissen, möchte ich Ihnen eine sehr direkte Frage stellen," konterte der weißhaarige Mann. Mittlerweile hatte er am ganzen Körper Gänsehaut bekommen und fühlte, daß sich in ihm ein mächtiger Widerwille breitmachte: Ekel vor der Evolution oder Feigheit vor der Wahrheit? Sein Gesicht errötete vor Wut und Zorn ob dieser Darstellung gefühlsfreier Unabänderlichkeit.

„Könnte es sein, daß Sie vielleicht ein Handlanger, vielleicht sogar ein Sklave des Todes sind?"

„Sie bevorzugen natürlich Authentizität. Gewiß ist es so, daß ich bisweilen mit dieser Wirklichkeit recht erfolgreich zusammenarbeite. Aber wer tut das nicht?"

„Wie darf ich Ihre vielversprechenden Worte interpretieren ?", wollte der Neuankömmling wissen.

„Sehen Sie, jeder Diktator, jeder Herrscher, viele Wissenschaftler und Politiker, schließlich jeder Mensch, arbeiten mit dem Tod zusammen, mehr oder weniger freiwillig. Gewiß ist auch, daß ich in solchen Fällen grundsätzlich immer mit von der Partie bin. Ich schicke den Menschen eine Situation, ein Problem oder was auch immer. Der Tod, oder das, was Sie als Mensch mit dem Begriff „Tod" belegen, vollendet dann nur noch diese Arbeit. Der Tod ist sozusagen das Pünktchen auf dem „i". Aber, das gestehe ich Ihnen gerne zu, diese Zusammenarbeit läßt eine Unzahl von Fragen offen. Sehen wir einmal von Kriegsereignissen ab, so erscheint es sicherlich diskussionswürdig, ob es nötig ist, daß Wissenschaftler nur um der Forschung beziehungsweise zweifelhafter Motivationen und Ambitionen willen hingehen und Menschen, die zum Beispiel, sagen wir einmal, an Parkinson erkrankt sind, Zellen von Feten ins Gehirn implantieren. Immerhin werden diese fötalen Hirnzellen von lebenden Föten, will sagen, zumindest lebensfähigen menschlichen Gehirnen, gewonnen. Die Menschen haben mitunter wie Sie sehen seltsame, um nicht zu sagen bizarre Moralvorstellungen. Es wird zum Beispiel für Schwerstkranke sehr viel Geld ausgegeben.

Andererseits geht man hin und treibt tausende gesunder Föten ab. Bei entsprechend hochentwickelten Moralvorstellungen könnte man ja vielleicht auf die Idee verfallen, daß man auch diesen zweifelsohne lebenden, beziehungsweise lebensfähigen Geschöpfen wenigstens eine Lebenschance einräumt. Schließlich gibt es ja auch Waisenheime. Eine wiederum andere Frage wäre, wie es dazu kommt, daß eine sich als kultiviert präsentierende Gesellschaft einerseits Abtreibungen mit hunderttausendfacher Wiederholung in jedem Jahr als die größte Selbstverständlichkeit der Welt akzeptiert und toleriert. Andererseits wird jedwedes Leben ihrer erwachsenen Population, auch wenn es sich um Schwerstkranke, oder gerade dann, wenn es sich um Schwerstkranke handelt, mit vergleichsweise erstaunlicher Gesetzesmacht geschützt. Der Abgrund, der sich hier offenbart, müßte sicherlich psychologisch in seiner gesamten Bandbreite durchleuchtet werden. Könnte es gar so sein, daß diejenigen, die es bereits geschafft haben, ein gewisses Alter zu erreichen, die also sozusagen „am Drücker sind", sich aus purer Angst vor eigenen Krankheiten, vor dem eigenen Tod, durch entsprechende Gesetzeskonstruktionen geschützt sehen wollen? Das ungeborene Leben aber verfügt über keine menschlichen Vertreter, die eine entsprechend impulsgebende Angst empfinden, um entsprechende Gesetze mit der ihr gebührenden

Härte einzuklagen. Hier wird auch meine Macht, das muß ich leider unumwunden zugeben, bereits zu früher Stunde beschnitten. Offensichtlich sehen jedoch weder die gewählten Staatsmänner noch die zahlreichen religiösen Vertreter, da der angedeutete Erfahrungshorizont offensichtlich fehlt, einen entsprechenden Handlungsbedarf. Dies erweckt insbesondere deshalb mein Interesse, da es sich ja hier um sogenannte Demokratien handelt. Aber, es scheint ja wohl so verstanden zu sein, daß gesetzlich zur Abtreibung frei gegebene Individuen nicht Teil des Volkes sind, da von diesen Individuen ja keine Macht ausgeht. Die Macht geht ja, wie es heißt, nur vom Volk aus. Man könnte ja auch etwas häßlich formulieren, daß der Souverän einen Teil seiner Kinder frißt. Aber dies alles geht mich eigentlich nichts an. Das ist die Sache der Menschen.

Wenn Ihr Günstling, „Philipp" wird er heißen, 8 Jahre alt sein wird, werde ich seine Mutter besuchen. Sie ist ja eine sehr nette Frau, von rechter Intelligenz. Leider hat sie da ein Problem mit Tabletten. Ich habe das alles schon seit langem minutiös vorbereitet. Außerdem raucht sie glücklicherweise ausgesprochen viel: so um die 100 Zigaretten am Tag. Vielleicht werden Sie denken, diese Anzahl von Feuerstengeln könne ein einzelner Mensch täglich unmöglich inhalieren. Aber der kleine Philipp, den schickt sie immer diese

Unmengen an Zigaretten kaufen. Sie schickt ihren Sohn, damit er ihr ihren Tod kaufe. Philipp liebt natürlich seine Mutter, wie die meisten dieser Menschenkinder. Aber er ahnt nicht, daß er mit mir bereits einen Vertrag abgeschlossen hat. Diesen unseren Vertrag hat er, und das bitte ich vielmals zu entschuldigen, unwissentlich mit seinem Blut unterschrieben. Die Liebe des Sohnes kauft den Tod der Mutter, eine interessante Alternative."

„Was für einen Vertrag?"

„Der Vertrag besagt, daß ich ihn nicht daran hindere, seiner Mutter diese Unzahl an Zigaretten tagtäglich zu besorgen. Das ist mein bescheidener Beitrag: absolute Neutralität."

„Und welche Vergünstigungen erhalten Sie durch diesen „Vertrag", wie Sie es nennen?"

„Meine Vergünstigung oder besser gesagt, mein Gewinn besteht darin, daß die Mutter des Jungen, wenn sie das 41. Lebensjahr erreicht, einen schweren Herzinfarkt erleiden wird. Der Ehemann ist übrigens Arzt, aber das wird natürlich praktisch nichts an meinen Plänen ändern."

„Wie meinen Sie das: es wird nichts an Ihren Plänen ändern?"

„Nun, soweit ich sehe, wird besagter Tod zur Stelle sein und den Ehemann an einer erfolgreichen Reanimation hindern. Da hilft auch nicht die

Tatsache, daß dies in der Nacht passiert und der Ehemann direkt neben seiner Frau im Bett liegt. Das ist eigentlich alles. Den kleinen Philipp werde ich dann übrigens erst wieder besuchen, wenn er 16 Jahre alt ist."

„ Das ist eigentlich alles," wiederholte der Weißhaarige langsam einen der letzten Sätze mit deutlicher Besorgnis. Dabei sah er dem Erzählenden fest in die Augen. Dessen Pupillen funkelten unverändert hell und klar. Die Härte in seinem Blick ergänzte eine etwas ausweichende Handbewegung mit der Rechten. Dieses Wesen überraschte den anwesenden Betrachter mit seiner unnützen Gefühllosigkeit. Man hätte sich ebenso mit einem sprechenden Monolithen unterhalten können. Die Worte waren scharf und deutlich gesprochen. Keine Nuance von Mitleid schwang in den Sätzen mit. Kein Wort war zuviel. Die Dunkelheit des Raumes verstärkte in dem weißhaarigen Mann das vorherrschende Gefühl von Einsamkeit und Unabänderlichkeit. Es kam ihm der Gedanke an ein Naturereignis, das ebenfalls unbarmherzig, zufällig und unwillkürlich mit roher Gewalt sein Opfer reißt. Es gab wohl kein Gut, kein Böse. Beides war eins. Das Blut geronn ihm im schmerzenden Herzen. Einem kleinen Jungen wurde die Mutter genommen. Keine Träne.

Der Mann schaute auf sein Haar. Es war wohl wieder etwas gewachsen. Weiß war es ja bereits. Er schloß die Augen. Doch durch die Augenlider sah er trotz der herrschenden Dunkelheit das blendende Weiß im Auge des anderen. Sollte er es wagen zu argumentieren, zu handeln, zu bitten? Schließlich sprachen sie von der Zukunft. Aber er war nicht gekommen um zu hadern. Er öffnete die Augen. Nein, er war gekommen, um die unerschrockene Stirn zu bieten. Er war gekommen, um den Gewalten zu trotzen, unbeirrbar. Er hatte glücklicherweise noch einen Joker in der Tasche, jene weiße Spielkarte, die das freundliche Leben jedem Menschen mit in die Wiege legt. Zu gegebener Zeit würde er diesen Joker, dieses blendende Weiß spielen, ebenso rücksichtslos. Und er war gekommen, um etwas zu finden, vielleicht um etwas wiederzufinden. Er wollte unbedingt dieses Etwas finden. Aber noch wußte er nicht, wonach er suchte.

„ Wenn ich Sie also richtig verstehe, geben Sie vor, daß Sie in die Zukunft schauen können,“ fügte er stirnrunzelnd hinzu.

„ So drastisch würde ich es nicht ausdrücken“, antwortete der, der so hartherzig wirkte, „ich würde eher behaupten, daß mein Ich ein Teil der Zukunft ist. Zukunft ist ohne mich nicht denkbar. Übrigens scheint sich unser dritter Mann erheblich zu verspäten. Aber, wie ich schon sagte, der

Zeitpunkt ist völlig frei wählbar. Mir ist es gleich. Eher dürften Sie ein Problem mit der Zeit haben."

„ Ich mach' mir aus der Zeit schon lange nichts mehr. Ich finde sie eher lästig. Statt einer Uhr zur Anzeige der Uhrzeit sollte man besser ein Meßinstrument erfinden, das über die Schnelligkeit des Wandels in unserer Welt informiert. Die Veränderungen und insbesondere auch die technologischen Entwicklungen der kommenden Jahre und Jahrzehnte haben mittlerweile eine atemberaubende Geschwindigkeit erreicht. Allerdings dürfte ein derart differenziertes Instrumentarium zur Messung von Wandel und Wandlungen reine Utopie sein. Zu fragen wäre auch danach, ob es überhaupt eine statische Größe gibt, zum Beispiel ein Ideal, das sich eben nicht ändert. Vielleicht ist die einzige Statik in einem jeden Menschenleben die bewußte und doch unbewußte Unausweichlichkeit seines ganz persönlichen Todes. Aber hier wird ein tapferer Geist nicht einfach resignieren. Der Wille zum Kampf ist sicherlich auch durch ausgezeichnete Beständigkeit geadelt. Sie werden vielleicht sagen, daß das nur Worte, nur Worthülsen sind, bar jeglichen Inhaltes. Aber die Bedeutung und insbesondere die Inhalte dieser Worte sind kaum zu überschätzen. Sie sind der materiefreie Stoff, der uns die Pforte zum Denken unserer Mitmenschen öffnet. Sie sind Hoffnung und Gift. Sie sind gut und

böse. Sie sind eben beides". Der Weißhaarige hatte den Eindruck, daß er dieses jugendliche Gesicht ihm vis-à-vis, dieses Gesicht ohne Spuren eines Menschenlebens, dieses Wesen ohne Vergangenheit und ohne Zukunft, langweilte. Dieses Gesicht verfinsterte sich zusehends. Jetzt war offensichtlich die Zeit des langen Schweigens angebrochen. Eine Naturgewalt und ein Menschenkind, von Antlitz zu Antlitz, in festem Schweigen. Sicherlich ein ungleicher Kampf, Allgegenwart wider Vergänglichkeit. Glücklicherweise hatte der alte, weißhaarige Mann einen guten, stabilen Stuhl ausnehmender Schlichtheit gewählt. Die kompakte Lehne ohne Perforation bildete zur Sitzfläche ebenso wie diese zu den Stuhlbeinen jeweils einen exakten rechten Winkel. Die Füße mit den schwarzen Schuhen erreichten mit den Fuß – beziehungsweise Schuhsohlen den grauen Boden. Rücken mit Wirbelsäule, Sitzbeinhöcker und Beine paßten sich diesen Gegebenheiten ihnen gemäß an. Die Handinnenflächen ruhten wärmend auf den horizontal ausgerichteten Oberschenkeln und fühlten sich in diese ein. Den Kopf hielt der Mann aufrecht, die Augen blieben geschlossen. Diese Haltung erlaubte seinem menschlichen Körper sich zu ordnen, das Gehörte und auch das Gesehene und Empfundene zu verarbeiten. In ihrer friedfertigen Einfachheit war diese Körperhaltung unter den gegebenen, ungleichen Umständen wohl die erfolgversprechendste und aggressivste denkbare Kampfform, ein Hauch von Macht durch Introspektion und Verinnerlichung.

Eine gewisse Nervosität des schwarzen Wesens ob der dreisten, offensichtlich provokant wirkenden Körperhaltung war mit der Zeit doch spürbar. Es war wohl andere menschliche Reaktionsmuster in Gegenwart seiner Anwesenheit gewohnt. Sicher war, daß dieses Wesen augenkundig in der Lage war, sich zu materialisieren, aber auch gleichzeitig allgegenwärtig war. Die konzentrierte Form seines Besuchs mußte der Mensch fürchten, denn dieses Wesen verbreitete jenes unbestimmte Fluidum von Evolution, wohl gerichtet, aber ohne erkennbares Ziel. Diese Unsicherheit wirkte ausgesprochen beunruhigend: die Geburtsstunde der persönlichen Angst, Angst im Angesicht der Veränderung. Möglicherweise wäre es ebenso gut gewesen, allein in einem dunklen Raum zu sitzen, aber diese wesenhafte Allgegenwart war auch für den menschlichen Organismus erspürbar. Gepaart schien dieses „Erspüren" mit der undefinierten, frei flottierenden Angst vor einer neuen Entwicklung, einem neuen Weg, einem neuen Ast im dichotomen Gestrüpp der Natur. Es war diese Mischung, das Mischungsverhältnis dieses Cocktails aus ein bißchen Natur, ein bißchen Tod, ein bißchen Leben, vielleicht auch ein bißchen Glück, die das Ganze ausmachte. Die meisten menschlichen Individuen waren aber wohl nicht in der Lage, mit ihren Sinnen dieses Mischungsverhältnis zu entlarven. Nur zu oft verblaßte das Wesentliche hinter dem dichten Vorhang der Alltäglichkeiten. Der Genuß am pulsierenden Leben ertrank nur zu oft in selbstgefälliger Egozentrik und Absicherungssucht jedes Einzelnen. Über 40 Jahre mußte der weißhaarige Mann werden, um Fragen in diese Richtung überhaupt erst mit einer einigermaßen akzeptablen Präzision stellen zu können. Vermutlich gehörte er nicht zu den Allerdümmsten. Aber welche Art von Intelligenz wollte man denn eigentlich hierfür favorisieren: den eher analytischen Geist, den künstlerisch begabten Geist, die Fähigkeit eines Individuums, eine Familie zu ernähren oder die Fähigkeit eines Menschen, mit den anfallenden alltäglichen Problemen angemessen fertig zu werden. Oder war es auch hier wieder die Mischung, die jedoch unweigerlich die einkomponentig betonte Genialität Einzelner despektierlich betrachtete. War es nicht so, daß die Menschen nur allzu gerne einseitigen, spezialisierten Fähigkeiten anderer über die Maßen huldigten. Der Sportler, der am höchsten springt. Der Tennisspieler, der am besten die Bälle plaziert. Der Wissenschaftler, der in der in großen Teilen dichotom organisierten Natur eine Aufzweigungsstelle oder eine Symmetrie erkennt und formuliert. War das alles mehr „wert" als das Ehepaar, das zehn Kinder zeugt und aufzieht, *obwohl doch eben dieses Ehepaar weit vorrangiger die Natur verinnerlicht hatte. Ihre Natur folgte als ein Teil der Natur den Gesetzen der Natur. War der Sinn des Lebens die schlichte Weitergabe der Gene oder die Fähigkeit zu einer ins Geniale gesteigerten körperlichen oder intellektuellen Leistung? Oder war es wie bereits angedeutet wieder eine angemessene Kombination von allem? Die Natur versucht sich zu kopieren und der Mensch erschrickt, wenn er in diesen Kopiervorgang einzugreifen glaubt, obwohl er doch Teil der Natur ist. Fragen über Fragen türmten sich plötzlich vor dem geistigen Auge des Weißhaarigen auf, ohne daß er die richtigen Antworten wußte. Mußte er weiter ein Leben mit Fragen führen, ohne die zutreffenden Antworten zu kennen? Eine Mauer aus Fragen in der Mitte des Lebens? Aber was heißt schon „in der Mitte des Lebens"? Vor etwas mehr als hundert Jahren war der 40 – jährige bereits ein Todgeweihter. Sollte es etwa gar natürlicher sein zu sterben, bevor die bohrenden Fragen kommen? Bis zum Beginn des 40. Lebensjahres sind wir doch alle mit unserer Karriere beschäftigt, jenem Wagen, auf den die Ehrgeizigen doch alle angeblich freiwillig nur allzu gerne aufspringen. Danach kommen eben diese Fragen, diese quälenden und Stellungnahme fordernden Fragen.*

Der weißhaarige Mann öffnete die Augen: „Wenn Philipp 16 Jahre alt ist, werden Sie ihn erneut aufsuchen?" „Ja", antwortete der Mann in Schwarz, „aber er wird sich darüber wohl kaum besonders freuen. Er ist bis dahin bereits ein starker Kerl geworden. Er ist frech geworden und wohl auch ein wenig überheblich, ein sanfter Kern in einer rauhen, verwitterten Schale. Der Junge steht dann in der Blüte seiner Kraft. Ich habe beschlossen, eben dann seinen Rücken zu küssen. Diesen Kuß wir er zeit seines Lebens nicht mehr vergessen. Er wird nicht mehr gehen können, von heute auf morgen."

„Der Kuß des Judas? Soll das Leben ihn gefangennehmen? Wird er sterben?"

„Nein, kein Judaskuß, obwohl der Junge seinen Tod, allerdings seinen Freitod, erwägen wird. Man wird ihn operieren. Er wird dank subtiler Medizintechnik wieder gehen können. Dennoch wird ihm dieser mein Kuß ewig in Erinnerung bleiben. Oder besser gesagt, dieser Kuß wird in seinem Denken schnell hinter dem eisernen Vorhang der Alltäglichkeiten vernebelt werden. In dieser Ausdrucksform scheinen sich ja Ihre Gedanken zu formieren. Der Junge wird sehr viel nachdenken können, ja müssen. Aber die Früchte seiner Gedanken werden zunächst in seiner defizienten Körperlichkeit vor sich hinfaulen. Das Wissen um die Künstlichkeit, um das Artefizielle seiner ganz persönlichen Gesundheit und damit seiner gesamten Existenz ist ein Teil jenes Tributs an das Leben, den er seinem Dasein zollen muß."

„Darf ich Sie einmal etwas fragen, Herr ? Nun, wie soll ich Sie eigentlich nennen ? Sie haben mir Ihren werten Namen leider noch nicht mitgeteilt", entgegnete der weißhaarige Mann.

„Mein Name tut nichts zur Sache. Namen benennen etwas, was auch anders heißen könnte. Außerdem treffen Sie mit den meisten Namen in aller Regel nicht den Kern. Namen sind deshalb relativ unnütz, sie besitzen keinerlei Dynamik. Es sind einfach Worte, die für sich alleine genommen nicht die Erfahrung beziehungsweise die Begegnung mit dem Benannten in den Gedanken ausfüllen können. Nur ein Name in Kombination mit dem sinnlich erfaßbaren Wesen des Benannten und dem Wissen über dieses Wesen selbst und seinen Wandel wäre treffgenau. Viele Menschen heißen zum Beispiel „Philipp". Aber Sie meinen jenen Philipp, dessen Mutter starb, als er 8 Jahre alt war; jenen Philipp, der mit 16 Jahren meinen Kuß auf seinem Rücken verspürte; ein Philipp, dem in seiner Zukunft eben noch weitere Dinge widerfahren, die seinen Lebensweg zwar nicht höherbewerten, aber eben doch auf ihre ganz besondere Art und Weise, wie eben bei jedem anderen auch, einzigartig machen. Wie könnte hier ein Name wie „Philipp" präzise sein ? Vergessen

Sie die Namen. Im übrigen behalten Namen diesen sehr großen Fehler. Schauen Sie, man heißt heute vielleicht „Philipp“. Morgen heißt man dann eben auch „Philipp“ und in zehn Jahren ist der Name immer noch „Philipp“. Der gleichbleibende Name erfaßt leider nicht den Wandel des Individuums, das diesen Namen „trägt“. Die Lasten und Belastungen des Lebensweges dieses Individuums formen die äußere Erscheinung dieser Person, sie falten die Haut, sie krümmen ihren Rücken, sie töten letztlich ihr Herz. Kummer, Mühsal, Angst und Leid hinterlassen ihre Spuren in den wahrnehmbaren Gesichtszügen. Der kurzlebige Name jedoch bleibt unverändert, trotz der erlittenen Stürme und Kämpfe dieser Existenz. Der „Philipp“ in zehn Jahren ist nicht mehr derselbe wie der „Philipp“ von heute. Alles verändert das Lebewesen. Es genügen mitunter ein einziges Wort, ein Gedanke, eine Krankheit, eine Begegnung. Selbst die Ereignislosigkeit verändert das Individuum. Ein Name ist weniger als eine Krücke. Im Grunde genommen ist ein Name das Eingeständnis der sprachlichen Kapitulation vor dem immerwährenden, ewigen Wandel. Die Namensgebung ist Teil jenes eindimensionalen menschlichen Denkens, jenes Menschendenkens. Das „Du“ in der momentanen Situation ist sicher treffsicherer als der gleichsam willkürlich gewählte Name, da das „Du“ gerichtet ist, es ist nicht deskriptiv oder traditionell, eher versehen mit einer

Facette der Evolution. Nennen Sie mich ruhig „Du", wenn Sie es wollen. Das ist zwar etwas familiär, aber ich bin Ihnen ohnehin näher als Sie es haben möchten. Gewiß könnte ich aber auch mit der Anrede „Sie" leben. Treffen Sie Ihre Wahl."

„Gut. Warum hast „Du" seinen Rücken geküßt?"

„Warum nicht ? Dieser Philipp ist nur ein Sandkorn an meinem grenzenlosen Strand. Der Sinn eines Sandkorns ist eben nur der, daß es ein Sandkorn ist. Wohin der Wind dieses Sandkorn weht, welcher Strandgänger dieses Sandkorn tritt, wer kann das schon wissen ? Wer will das schon wissen ? Wie sollte das schon wichtig sein ?"

Der Mann mit weißem Haar erwiderte: "Auch ein Sandkorn sieht den Sonnenstrahl, auch ein Sandkorn fühlt den Regen. Was wäre das Meer schon, wenn es keinen Strand, kein Land gäbe. Was wäre das Meer, wenn es dem Sandkorn nicht Meer sein könnte ? Was wäre die Sonne, wenn sie dem Sandkorn nicht scheinen könnte ? Glücklich die Welt, in der wenigstens ein Sandkorn existiert. Glücklich derjenige, der wenigstens ein Sandkorn besitzt."

Der Schwarzhaarige lächelte etwas mitleidig: „Gewiß, Sie bezaubern durch die dramaturgische Aufbereitung Ihrer verbalen Ausführungen. Allerdings darf ich der Vollständigkeit halber hinzufügen, daß Sie mitunter Gedankenfragmente einflechten, die bereits gedacht wurden. Der Mensch krallt sich im übrigen in alles. Wenn er im Meer ertrinken müßte, er würde auch in ein einzelnes Sandkorn krallen."

„Wenn aber dieses Sandkorn seine Zukunft ist, dann findet dieser Mensch noch im Ertrinken seine Zeit, seine Zukunft, eben sein Glück," widersprach der Mensch mit trutziger Strenge. „Auch dann, wenn erst die letzte Minute, die letzte Sekunde vor dem Tode das Glück bringt, dann hat sich dieses Leben gelohnt."

„Sie sind ein Narr, mein Lieber", äußerte der Schwarzhaarige mit glühenden Augen. „Wofür das Leiden; jedes Sandkorn ist nur das Glied einer Kette, eine Kette ohne erkennbares Ziel, aber immerhin eine Kette. Das Sandkorn liegt gefesselt als einsames Glied in dieser Kette. Der Mensch spricht nun einmal eindimensional, obwohl er mehrdimensional denken kann. Folglich kann er sein Denken niemals mittels Sprache mehrdimensional mitteilen. Die Sprache ist ein Verlust, eine schwere Behinderung. Mehrdimensionale Mitteilungen gelingen aber möglicherweise über andere Wege: durch ein ergreifendes Bild, durch eine betörende Musik? Aber wen interessiert das wirklich?"

„Philipp war 24 Jahre alt, da mußte er erneut „Deine" Bekanntschaft machen. Sollte ihn das stärker machen? Sollte ihn das stählen?"

„Nein", funkelten die hellen unheimlichen Augen, „sein Vater ist erkrankt, an Krebs. Der dumme Junge war leider in diese Zunft der Gesundheitsakrobaten eingetreten, vermutlich aus etwas falsch verstandener Familientradition. Er dachte, daß seine Augen, die Augen des Radiologen eben, das Leben aufsaugen könnten, in das Innerste des Lebens eindringen könnten. Augen als Staubsauger, als Lebensaufsauger? Eben diese Augen durften und mußten dann auch dem Sterben des Vaters drei Monate lang, drei ewige Monate lang, mit unbarmherziger Ausführlichkeit zusehen. Immerhin ging es ja objektiv betrachtet verhältnismäßig schnell. Aber was heißt schon schnell, könnte denn nicht auch ewiges Leiden wertvoll sein? Philipp durfte seinem Vater eigenhändig das Zellgift in die Vene spritzen, weil sein damaliger Oberarzt das so anordnete. Schließlich hatte dieser die Indikation nur zweifelhaft gestellt. In der Gegenwart fleischgewordener Feigheit mutig das Geliebte vergiften. Im Kampf um das Leben, im Lebenskampf, auf die rechten Waffen vertrauen, so beugt sich die Liebe der Macht. Die Hand des Arztes, ein Symbol für Russisches Roulette? Schuld? Sühne? Die Zeit leckt die Wunden, doch sie heilt

sie nicht. Narben erzählen Geschichten. Intuition gegen Wissen. Liebe gegen Wissenschaft. Die Gewalt des einfachen Lebens kennt keine Grenzen. Die Gewalt des Handelns ist nur das Symbol der Gewalt im Denken. Doch gewaltige Gedanken nähren sich von Gewalttätigkeiten. Mitunter bedaure ich diese Menschen. Sie beschäftigen sich tagein, tagaus damit, noch gewaltiger, noch mächtiger, noch einflußreicher, noch reicher zu werden. Diesem Zweck opfern sie ihre gesamte Lebenszeit; eben das, was ihnen eigentlich am teuersten sein müßte. Am Ende des Lebens müssen sie dann feststellen, daß sie ihr Leben diesem überaus überdimensionierten „noch" oder „noch mehr" geopfert haben, Füllwörtchen der Sprache ohne rechten Inhalt oder Sinn. Die Zeit ist verronnen, geblieben ist ein „noch" oder „noch mehr", doch unmöglich ist das „noch einmal". Die Karriere, das Geld, welch überaus wichtige und schöne Dinge ! Aber was kommt nach der Karriere, was kommt nach dem Geld ? Was eigentlich kommt nach dem Geld ? Keiner stellt diese Fragen zur rechten Zeit und geschweige denn mit der notwendigen Inbrunst. Das Geld, vielleicht einmal als Erleichterung im Umgang der Menschen untereinander gedacht, degeneriert zum Selbstzweck, das Leben des Einzelnen wird zum Handlanger des Mammon und schließlich zu seinem Sklaven. Zu allem Überfluß erfand man dann auch noch die neue, ursprünglich sicherlich ausgesprochen segensreiche Staatsform der sogenannten „Demokratie". Doch die Schergen des Geldes haben diese Demokratie gekauft, sozusagen als Sonderangebot im Supermarkt, bereit, sie jederzeit zur Guillotine zu führen. Diese hochgelobte Demokratie ist zu einer „Pekuniokratie", einer Geld-Herrschaft, verkommen. Die Menschen sind vom Goldenen Kalb geblendet, sie haben vergessen, daß die wirkliche Herausforderung, das wirklich Wichtige ihr sogenannter „Alltag" ist, der Tag des Alles, der Tag des Alls. Dieser beinhaltet einen Quell unermeßlicher interessanter Veränderungen. Man muß eben nur aufmerksam hinschauen. Das Mikroskop für das „Alltägliche" tut not. Die Kraft des „Jetzt" ist unermeßlich. Wie schwach erscheint hierbei das Denken über das „Gestern" oder das „Morgen". Philipp hatte diesen weiten Weg, als sein Vater starb, noch vor sich. Die Erkenntnis liegt im Alltag, wie einfach und doch wie unglaublich schwer zu fassen. Jede Sekunde der persönlichen Existenz ist einzigartig, ist unwiederbringlich. Darum gebührt auch jeder Sekunde die größtmögliche Aufmerksamkeit. Die Wachheit des Geistes in der Veränderung müßte dem Menschen zur Labsal gereichen. Erstaunlicherweise tun die meisten Menschen alles nur Erdenkliche, um diese Wachheit einzuschläfern und zu betäuben: sei es durch Alkohol oder Drogen, durch Fernsehen, durch Arbeiten, durch Streiten. Kurzum, diese Liste könnte unendlich fortgesetzt werden. Das Sein, die Existenz des Einzelnen mag vielleicht für den Einen oder Anderen ganz angenehm sein, aber das wache Bewußtsein im sich ändernden Sein wäre die Kunst, die zu erlernen, höchstrangig wäre."

„Das sind große Worte", antwortete der in Jahren Ergraute. „Wird denn Philipp diese Dinge erkennen, werden seine Augen die Lösung erschauen, seine Sinne diese Sinninhalte erkennen?"

„Wir werden ja sehen", meinte der, der sich unterhalb der einfallenden kargen Sonnenstrahlen, die sich in diesen unwirklichen Raum verloren hatten, zu verstecken schien. „Alles wird von den Gedanken abhängen, die er finden wird. Vielleicht findet er oder hört er die rechten Worte. Worte sind wie Pfeile in das Denken des Menschen. Manche Worte hinterlassen Narben. Manche Worte und Sätze vermögen auch ob der ihnen innenwohnenden Kraft innere Werte des Einzelnen anzustoßen und zu nähren. So, wie das fließende Wasser das schwere hölzerne Mühlrad antreibt. Worte, Sätze beziehungsweise Gedanken sind ein sprudelnder Quell ewiger Energie. Um diesen Energiequell aufzutun, müßten sich die Menschen viel mehr bemühen. Nur hieraus kann das entstehen, was sie etwas holprig „Glück" zu nennen pflegen. „Glück" geschieht, wenn Worte und Gedanken, wenn das eigene Tun in

materiefreier, unbezahlbarer Freude seinen Ausdruck findet. Sehen Sie, nun sprechen wir schon so lange alleine miteinander. Der Dritte, der diesen Termin zusagte, möchte wohl nicht so schnell kommen. Sicherlich hat er hierfür triftige Gründe. Nur selten ist er pünktlich. Manchmal, habe ich gesehen, kommt er nie. Manch Einer tut eben, was er will." Bei diesen Worten glitt ein heimliches Lächeln über sein ausdrucksfreies Gesicht. Je mehr dieses Wesen sprach, um so weniger durchsichtig wurden seine Gedankeninhalte. Die Worte umhüllten sein Inneres wie eine undurchsichtige und unüberwindbare Mauer. Es war zu sehen und doch nicht zu erkennen. Der menschliche Traum der Unsichtbarkeit schien sich durch Worte zu erfüllen, die geeignet waren, das scheinbar Sichtbare mit einer intransparenten Umkleidung zu umgeben. Schlimmer noch, die hervorgerufenen Gedanken vermochten es, die Sinne des Gegenüber dergestalt zu vernebeln, daß man sich fragen mußte, ob wirklich ein Gesprächspartner da saß oder vielleicht doch nur eine Illusion. Mit wem sprach man denn da eigentlich, war es die Zukunft, eine nicht bekannte Gedankenform oder einfach nur ein junger, intelligenter Anderer. Die Räumlichkeiten waren offensichtlich durchaus so gewählt, daß die geäußerten Gedanken zu entschwinden suchten.

Konnte man die Gedanken vielleicht doch so bündeln, daß es gelang, das Gegenüber festzuzurren?

„Es ist schwierig, Ihnen im Denken zu folgen", meinte der Weißhaarige. „Ihre Worte scheinen vom Thema abzulenken, und doch meine ich, daß sie wesentlich sind. Das ist eine etwas seltsame Mischung. Vielleicht sollte ich Sie doch noch fragen, was mit Philipp geschah, als er das dreißigste Lebensjahr erreicht hatte. Sie gaben zu, daß Sie ihn bei Erreichen dieses Alters ein weiteres Mal besuchten. Ist es denn wirklich so, daß jedesmal, wenn Sie einen Menschen aufsuchen, dies zu seinem Nachteil, seinem Schaden gereichen muß? Oder birgt Ihr Erscheinen bisweilen auch etwas Erfreuliches, etwas Leichtes oder zumindest Leichteres in sich?"

„Dies ist immer eine Frage des Standpunktes, mein Herr. Jede Krise, jeder Verlust schenkt auch die Möglichkeit zu etwas Neuem. Positives kann auch gesehen werden, wenn die Natur eine neue Pforte aufstößt. Wenn ein neuer Weg sichtbar wird. Die Menschen sind diesbezüglich entweder zu einfältig, zu kurzsichtig oder zu ungeduldig. Geduld ist immerhin eine Zierde. Sie ist eine hervorragende Eigenschaft. Leider besitzen dies nur die wenigsten. Die Zeit ist auch zu schnell geworden. Mittlerweile können ja, wie Sie wissen, gedachte Inhalte elektronisch von Monitor zu

Monitor, von Handy zu Handy, in Sekundenschnelle durch die ganze Welt huschen. Heute wird erst gedacht und noch am selben Tag weiß es bereits die ganze Welt. Die Geduld bleibt hierbei noch schneller und konsequenter auf der Strecke als dies früher je der Fall war. Filternde Gedanken tun mehr not als eh und je. Sonst droht die Menschheit im Informations – und Gedankenmüll zu ersticken. Die Wissenschaftler erforschen in wenigen Jahren mehr als früher in ganzen Jahrhunderten, weltweit. Das erkundete Wissen wird sicherlich bald sein zweites Gesicht offenbaren, vom Segen zum Verhängnis, die Talfahrt einer Industrie – und Informationsnation. Information steht elektronisch zur Verfügung, weltumspannend und völlig ohne Gewissen. Die Erfindung eines elektronischen Gewissens ist zumindest zum gegenwärtigen Zeitpunkt von berauschender Erfolglosigkeit gekrönt. Zu guter Letzt werden die Gesellschaften von ihren Gedanken aufgefressen. Die Gedanken fressen ihre Väter. Bisher hat es ja in der Geschichte noch jede Hochkultur mit bestechender Zielsicherheit geschafft, sich selbst zu vernichten. Warum sollte diese Gesetzmäßigkeit bei den Industrie – und Informationsstaaten der neuen Zeit außer Kraft sein ? Wie die Arbeitskraft des Menschen, das, was er in seinem Leben leistet, weltweit in Geldscheine und Münzen gegossen wird, so werden die Gedanken weltweit in elektronisches Rauschen gegossen. Am Ende küssen sich Geld und Elektronik, und der Mensch bleibt restlos auf der Strecke.

Natürlich bin ich auch zugegen, wenn den Menschen etwas widerfährt, was sie aus ihrem zugegebenermaßen stark eingegrenzten Blickwinkel als „erfreulich" bezeichnen würden. Mit 30 Jahren lernt Philipp seine spätere Frau kennen. Man hat ihm dabei nachgesagt, daß er den „diagnostischen Blick" habe, was wohl ausdrücken soll, daß er sehr feinfühlig ist, viel feinfühliger, als er selbst für sich für möglich hält und vielleicht auch für sich wünscht. Diese Fähigkeit erlaubt ihm, einen Menschen guten Willens zu erkennen und zu binden, obwohl dies wohl primär nicht sein Entwurf war. Es war wohl auch mehr eine Gefühlssache, ausnahmsweise erfolgreich. Allerdings sollte dies für die Frau in der Folge eine schwere Prüfung werden, da diesem Mann schon in jungen Jahren die unabwälzbare Bürde seiner Existenz sein Kreuz zerbrach. Dies hat ihn verhärtet, aber nicht gehärtet. Diese Last sollte ihn noch lange zu Boden drücken, obwohl er immer davon träumte, leicht wie ein Vögelchen davonzufliegen. Doch um diese Leichtigkeit sollte er noch schwere Kämpfe führen müssen. Wichtig auf diesem Weg war sicherlich auch die Geburt seiner Tochter, die völlig unerwartet und allen Vorhersagen zum Trotz sich den Weg auf diesen

Planeten bahnte. Dieses Ereignis während seines dreiunddreißigsten Lebensjahres entfesselte seine alten rudimentär gebliebenen Gefühlsanlagen: die Geburt eines neuen Menschen aus dem Geiste seiner Tochter. Die Geburt eines Kindes ist eben nicht die Geburt eines einzelnen Menschen. Nein, es ist eben sehr viel mehr: bei jeder Geburt entsteht eine völlig neue Welt, auch eine völlig neue Fühlwelt. Glücklicherweise dürfen an dieser neuen Welt auch die Eltern und die gesamte Umgebung Anteil nehmen. Die Natur diktierte jedoch daraufhin, wie zu erwarten, ihre ehernen Gesetze. In das verschwommene, ungeordnete Leben eines Mannes, der zwar zu dieser Zeit Delphi noch nicht besucht hatte, jedoch ebenfalls das Kind aus einer Gebärmutter war, säte die Natur plötzlich und unerwartet den Samen der Struktur, den Funken des Sinns, der zum Flächenbrand wird. Ein Leben ändert sich, eine Beziehung ändert sich, eine menschliche Welt, eine Menschenwelt und Fühlwelt, ändert sich. Dem Schmetterling wachsen Flügel. So gesehen kann man durchaus sagen, daß ich auch zugegen bin, wenn einem Menschen etwas Erfreuliches widerfährt. Doch das ist sicherlich eine Sichtweise, die mir persönlich völlig fremd ist. Für meine Arbeit ist diese Wertung nicht entscheidend."

Der weißhaarige Mann hatte bewegungslos dagesessen. Seine Kampfhaltung behielt er dabei

bei. Der aufmerksame Zuschauer wäre allenfalls durch zwei sehr kleine Tränen, die die beiden Gesichtswangen herunterrannen, überrascht worden. Ein derartiges Sich-Gemein-Machen mit einer simplen Erzählung wäre selbstverständlich dem Erzählenden niemals in den Sinn gekommen.

„Welche Wertung ist denn für Sie entscheidend"? fragte der, der die zwei kleinen Tränen weinte.

„Es ist nicht meine Aufgabe zu werten. Schließlich ist jeder Lebensweg ein anderer. Diesbezüglich gibt es auch wie im übrigen keinerlei Identität. Zwei identische Lebenswege zweier unterschiedlicher Menschen existieren nicht. Diese Sehnsucht ist bei den Menschen vielleicht sehr groß. Aber sie wird niemals befriedigt werden. Sicherlich gab und gibt es Staatsformen oder Ideologien, die darauf abheben, die Menschen, ihre Lebensbedingungen, ihre Ausbildung und Wohnverhältnisse oder was auch immer gleich oder identisch zu gestalten. Aber dieser Versuch wird stets ein frustraner Versuch bleiben und niemals von Erfolg gekrönt sein können. Die Natur geht hier ihre eigenen, eigenwilligen Wege, ohne sich von derartigen Tendenzen beeinflussen zu lassen. Die Natur hat eben in ihrem umfassenden Bauplan keine Identität unter Menschen vorgesehen. Dies müßte man akzeptieren, dies sollte man akzeptieren. Der Versuch, solche Tendenzen zu institutionalisieren oder gar zu *instrumentalisieren, führt unweigerlich zur Erstarrung. Und etwas, das erstarrt, kann sich nicht mehr weiterentwickeln. Ein solches System ist über kurz oder lang zum Absterben, zum Vergehen verurteilt. Der Wille zur Unveränderlichkeit und die Erstarrung, auch die Erstarrung im Denken, gehen mit dem Tod schwanger. Um dies vielleicht ein wenig plausibler zu machen, schlage ich Ihnen vor, folgenden Versuch zu unternehmen. Führen Sie vielleicht zwanzig Menschen, die Sie zufällig oder willkürlich ausgesucht haben, wie Sie wollen, gleichzeitig in denselben Raum. Wählen Sie für diese Gruppe von Menschen ein beliebiges Setting, völlig frei. Geben Sie irgend etwas vor oder lassen Sie es auch sein. Dann bitten Sie diese Menschen darum, daß sich jeder Einzelne von ihnen ein einziges Wort aussucht. Es sollte hierbei allerdings völlig frei sein, welches Wort gewählt werden darf. Sie können diesen Versuch mit neuen Gruppen unendlich wiederholen. Was werden Sie dabei feststellen?"*

„Das kann ich nicht wissen, da ich einen derartigen Versuch noch nie unternommen habe."

„Tja, ich gebe zu, daß dieser Versuch ausgesprochen banal ist. Aber so manche Banalität enthüllt nicht bewußte oder wenig bewußte Wirklichkeiten. Eines wird Ihnen dieser Versuch sicherlich ganz deutlich vor Augen führen: Sie werden auch unter völlig identischen räumlichen

und zeitlichen Rahmenbedingungen niemals zwei Menschen treffen, die dasselbe Wort in ihren Gedanken auswählen. Dies ist ausgeschlossen. Die Gehirne dieser Menschen unterscheiden sich untereinander beachtlich. Mögen sie auch, wenn Sie eine bildliche Darstellung der Gehirne wählen würden, wie dies ja heute durch moderne bildgebende Verfahren möglich ist, sich äußerlich beziehungsweise auf diesen Bildern einander ähneln oder gleichen. Die Feinarchitektonik der Gehirne ist grundsätzlich different. Und nicht nur, daß der Aufbau der Gehirne von der Anlage her unterschiedlich ist. Auch das Leben dieser Menschen in der Zeit mit seinen bildlichen, akustischen und gefühlsmäßigen Eindrücken ist unterschiedlich. Das Gehirn jedes Einzelnen lebt und verändert sich mit diesen Einflüssen tagtäglich, ja gar von Sekunde zu Sekunde ohne nachweisbare Zeitbezogenheit. Der Mensch, den Sie heute treffen, ist morgen schon ein anderer. Sie wissen doch selbst, mitunter genügt ein Satz, ja sogar nur ein einziges Wort oder eine Mimik in einem sensiblen gedanklichen Umfeld, um eine ganze Kaskade von Konsequenzen und Veränderungen nach sich zu ziehen. Ja, die Menschen wissen mittlerweile schon, daß der Schmetterling mitunter fliegt. Und immer, wenn der Schmetterling fliegt, weiß ich, das ist ein Knotenpunkt meiner Arbeit. Hier spüre ich das pulsierende Leben am stärksten, dieses Gerichtetsein, diese Unwiederbringlichkeit, diese

Eigenartigkeit und Einzigartigkeit eines jeden Augenblickes. Der Schmetterling kann seinen Flug niemals wiederholen. Er wird nie wieder so fliegen, wie er geflogen ist. Das Gehirn der Menschen ist nur ein Beispiel. Niemals werden Sie bei so einer Gruppe von Menschen dasselbe Wort zweimal hören. Ein solcher Fall wäre ein reiner Zufall, falls so etwas wie Zufall überhaupt existent ist. Ein Schmetterlingsflug ist nicht wiederholbar. Identische Wortwahlen werden nicht resultieren, auch dann nicht, wenn Sie auf den feinsinnigen Gedanken kommen sollten, eineiige Zwillinge mit angeblich identischen Eigenschaften auszuwählen. Ob hier hundertprozentige Identität der Gene jeweils vorliegt, sei dann im Einzelfall dahingestellt. Selbst wenn Sie diese These theoretisch unterstellen, dürfte ein solcher Versuch kaum zu den gewünschten identischen Wortwahlen oder gar Lebensformen führen. Denn bedenken Sie bitte: selbst wenn Sie zwei völlig identische Individuen hätten, zum Beispiel auch Klone, ihre Lebensbedingungen können niemals völlig identisch sein, da dort, wo eines dieser Individuen allein räumlich und zeitlich sich befindet, das andere gleichzeitig nie sein kann. Es werden sich immer Unterschiede herauskristallisieren. Wer dies verneint, verkennt die Feinnervigkeit der Natur. Diese bildet niemals Gruppen von Identitäten, sondern eine unendliche Folge feinnuancierter

Möglichkeiten. Es entsteht immer ein Spektrum mit teilweise sehr subtilen Unterschieden.

Natürlich sucht jeder das, was gleichartig ist. Im Kinde wird das Gesicht der Mutter oder das des Vaters gesucht. Selbstähnlichkeit ist ein pfiffiger Trick der Natur, so ein Gefühl wie Vertrautheit, Geborgenheit oder Heimat zu erzeugen. Der Mensch fühlt sich dort wohl, wo andere Menschen sind, die gleiche oder gleichartige Gedanken denken. Ähnlichkeit macht erstaunt und verführt zur Kommunikation. Das Andersartige erzeugt eher Angst und Beklemmung. Der Großteil der Menschen hat es noch nicht geschafft, diese Bürde im Denken zu erkennen, geschweige denn zu bezwingen. Die Natur hat aber auch hier sicherlich Grenzen gesetzt. Man denke nur an den Genaustausch zwischen unterschiedlichen Lebensarten. In den meisten dieser denkbaren Kombinationen dürfte die Natur von vornherein das Aus festgesetzt haben. Obwohl Selbstähnlichkeit andererseits ein beliebtes Prinzip ist, erfüllt den Menschen mindestens ebenso mit Grausen der Gedanke an eine Weltbevölkerung mit ausnahmslos identischen oder auch nur selbstähnlichen Individuen. Dies wäre mit Sicherheit eine ausgezeichnet nutzlose Form der Verarmung. Die Natur bevorzugt offensichtlich auch hier zwischen den Extremen hindurchzudiffundieren. Selbstähnlichkeit in der

Vielfalt, eben wie die Zweige, die aus dem Ast des Baumes wachsen. Man könnte auch sagen: Neues, das entsteht ist wunderschön. Aber man muß seinen Ursprung, seine Herkunft eben noch erkennen können. Dennoch muß sich wohl jeder Mensch fragen lassen, welchen Sinn sein Leben hat. Insbesondere welchen Sinn sein Leben für ihn selbst hat. Insbesondere wenn man die Größenordnungen betrachtet, würde man sich wünschen, daß so mancher Mensch seine Bedeutung im Gesamtuniversum etwas zurückhaltender einschätzen würde. Oder sollte es gar so sein, daß man bei objektiver Betrachtung der Gegebenheiten als Mensch ob der eigenen Winzigkeit dem Wahnsinn anheim fallen müßte, wenn man nicht die nötige Arroganz aufbrächte, sich selbst als den Mittelpunkt des Universums zu betrachten. Viele tun es.

Aber wir sollten nicht allzu weit abschweifen. Ich hoffe doch noch, daß der, der ebenfalls heute diesem Rendezvous zugesagt hat, bald eintreffen wird."

Der Weißhaarige strich sich etwas nervös mit zittriger Hand durch das lange Haar. Das Gesagte löste in ihm eine ganze Folge von Gedankenvariationen oder sollte man sagen von mentalen Quantensprüngen aus. Natürlich waren das die Fragen, die sich zwangsläufig jeder Mensch stellen mußte. Auch mußte er wieder an das Sandkorn denken. Dennoch war wohl eines ganz sicher: schön, oder besser gesagt: ein Hauch von Glück, wenn man noch ein Sandkorn besitzt. Aber wie konnte dieses schwarze Wesen die Gedanken erraten, die sich in Jahren und Jahrzehnten in seinem Innersten angehäuft hatten, ohne daß jemand gekommen wäre und gesagt hätte: "Komm, laß uns einmal alle Deine Fragen der Reihe nach beantworten." Nein, bisher war niemand gekommen und wer sollte denn da auch kommen, wer könnte all diese Fragen mit ausreichender Erfahrung und Kompetenz beantworten? Die Antworten auf diese Fragen mußte man wohl schuldig bleiben. Die Atmosphäre in dem dunklen Räumchen schien jedoch mittlerweile etwas aufgelockerter. Es war nicht mehr zum Fürchten. Die Angst hatte offensichtlich ob der Geduld und Hartnäckigkeit des Weißhaarigen das Weite gesucht. Das Gegenüber hatte ja ein gewisses Interesse bekundet und durch erstaunliche Mitteilsamkeit und Einsichten verwirrt. Faßbarer war es dadurch leider nicht geworden, nur vielleicht etwas vertrauter, nicht mehr so fern, nicht mehr so fremd. Bei dieser Nähe mußte man zwar etwas frösteln, aber man konnte die Nähe einigermaßen ertragen. Das schwarze Wesen und seine Worte und Gedanken waren doch wohl wichtiger, als der Weißhaarige ursprünglich gedacht hatte. Er mußte dies so akzeptieren, zumindest konnte er es jetzt ein wenig mehr *respektieren. Aber Freunde würden sie wohl nie werden: vielleicht einmal Partner.*

Plötzlich klopfte es an der Tür. Die Tür ging auf. Herein trat eine weißgekleidete, stolze Gestalt. Ihr Gesicht strömte wohlwollende Wärme aus. Auf ihren Lippen spielte ein sanftes, gewinnendes Lächeln. Die Augen waren kristallklar. Der ganze Raum gewann durch die Erscheinung an Helligkeit. Die frühere Kälte des Zimmers fühlte sich bedrängt. Die Gestalt näherte sich dem dritten, noch nicht besetzten Stuhl. Das hereinfallende Licht schenkte der hellen Gestalt eine zusätzliche, helfende Hülle. Der Weißhaarige schaute etwas erleichtert auf diese Person. Er fühlte, daß sich in seinem Innersten etwas regte, das er glaubte, bereits viel früher verloren zu haben: aber offensichtlich war das Gesehene ja schon einmal da gewesen. Was er sah, war ihm vertraut. Es gefiel ihm, es erfüllte ihn mit überschwenglicher Freude. Der Dritte stellte sich hinter den Stuhl und sagte: „Sie verzeihen, meine lieben Herren, daß ich reichlich spät erst eintreffe. Ich möchte darauf verzichten, mich vorzustellen. Auch bevorzuge ich es zu stehen. Wir werden auch so hervorragend miteinander zurechtkommen."

Die Augen des weißhaarigen Mannes ruhten sorgfältig auf der erschienenen Lichtgestalt. Die Aufmerksamkeit dieses Beobachters, seine Vigilanz, erreichte einen unerwarteten Höhepunkt: seine

Augen suchten alle ihm dargebotenen visuellen Informationen aufzusaugen. Wer kennt nicht diese sonderbaren Zustände, in denen die Wachheit zum Zerbersten gegenwärtig ist, diese Zustände, von denen man subjektiv weiß: sollte es wirklich eine Zeit geben, jetzt steht sie in jedem Falle still. Glück könnte doch auch ein Maximum an Veränderung in einer stillstehenden Zeit, eingebettet in die Ewigkeit, bedeuten. Das Gesehene sprengte mit Sicherheit die üblichen Formen der Informationsaufnahme. Worte oder Gedanken waren jetzt sicherlich nur ein unzureichendes Hilfsmittel, die das Ganze in seiner Komplexität nur ausschnittsweise erfassen konnten. Man könnte auch sagen, daß das, was der Weißhaarige jetzt sah, vielleicht doch nur ein schöner, phantastischer Traum war. Erkennbares, Traumhaftes, Bewußtes und Unbewußtes: alle Grenzen verwischten sich ein wenig, diese Grenzen wurden zunehmend fließend; die Übergänge, die Brücken schienen mit einem Male leichter zu überqueren.

Die strahlende Gestalt ließ zudem eine gewinnende, vielleicht etwas berauschende erotische Komponente nicht vermissen. Doch schien es dem Weißhaarigen unmöglich, mit absoluter Sicherheit eine geschlechtliche Klassifizierung dessen, was er sah, vorzunehmen. Zumindest rein menschliche Kategorieeinbindungen versagten. Für ihn war es *zunächst eine große, schlanke Frau in reifen Jahren, deren wallendes blond – graues Haar einen zarten Duft von Verletzlichkeit vergeudete. Die Figur dieser Dame floß mit nahezu symmetrischer Unaufdringlichkeit in anmutiger Schönheit vom Haupt bis zu den Füßen. Das Gesehene war geeignet, Gedachtes zu vergessen und lebende Zukunft zu atmen: diese Inkarnation der Weiblichkeit in ihrer unaufdringlichen und doch auffordernsten Weise schob die menschlichen Empfindungen sanft ins Rauschhafte. Niemals zuvor fühlte er sich in seiner Männlichkeit so sehr angesprochen und herausgefordert, wie in diesem Moment. Dieses ewig Weibliche übte tatsächlich nie zuvor gekannte magisch – magnetische Kräfte auf ihn aus. Mitunter hatte er dennoch auch für Sekundenbruchteile den Eindruck, daß vor ihm ein hochgewachsener, jugendlicher Adonis seine Gegenwart betreten hatte. Dieser sinnliche Eindruck verwirrte etwas sein Denken. Diese Unterschiedlichkeiten in dem Erschauten zerwarfen ein wenig seine Gefühle. Hinzu mischte sich die Empfindlichkeit einer geschlechtsfrei duftenden Blüte, die mit ihrer farblichen Eindrücklichkeit den Griff in sein Glücksgefühl wagte. Konnte Sehbares derart betören ? Konnte Sehbares derart die Zeit verdrängen ? Konnten Wünschbarkeiten und Ziel sich derart vergegenständlichen ? War es überhaupt gestattet, derartiges zu schauen, zu wünschen, zu begehren, ja gar zu lieben ? Jenseits der Wahrnehmungen, jenseits der Empfindungen bezwang das im Raum Entstandene die schnöden menschlichen Abträglichkeiten wie Gier, Haß und Angst mit seiner entgegenkommenden Unaufdringlichkeit, mit seinem abgewogenen Sich-Nähern und Weichen in jener dünnhäutigen und unvergleichlich graduierten Empfindsamkeit seinem menschlichen Gegenüber. Bei aller visueller Pracht, die sich vor dem Weißhaarigen in ihrer ausufernden Üppigkeit auftat und von nun an den gesamten verfügbaren Raum zu erfüllen schien, war es seinen scharfen Augen nicht entgangen, daß auch in den hell leuchtenden, lebensbejahenden Augen dieses einnehmenden Wesens bisweilen dieser matte Glanz schimmerte, den er auch kurz bei dem schwarzen Manne zu seiner Linken, aber auch schon früher bei vielen Menschen beobachten konnte. Dieser matte Augenglanz, diese eigentümliche, wirkliche Unwirklichkeit kündete doch immer von jenem gefürchteten einsilbigen Wort. Dieses Wort fühlte sich jedoch jeweils ganz unterschiedlich an. In Menschenaugen konnte man beim Durchschimmern dieses Wortes immer die Verzweiflung erkennen, die den Tod begleitet. In den Augen des schwarzen Wesens bemerkte der Weißhaarige den Tod lediglich in Begleitung der Gleichgültigkeit, der Unabänderlichkeit. In den Augen der Lichtgestalt hatte ihn das Gewahrwerden dieses Wortes, das Gewahrwerden des Todes, überrascht. In aller Euphorie hatte er* diesen zum gegebenen Zeitpunkt allenfalls an anderer Stelle erwartet. Jedoch erschien ihm hier jenes Wort, der Tod, in Gegenwart der Gerichtetheit, in der überaus gewünschten Gegenwart seines Zieles. Plötzlich übermannte ihn völlig unerwartet diese unbekannte Sonnenseite des Todes. Der Tod sprach aus dem Lichtwesen mit menschlicher Stimme und offenbarte ein freundliches Lächeln. Sein Glanz war matt, ja, wie bei den anderen, den Menschen und dieser schwarzen Gestalt, aber dieses lächelnde Antlitz des Todes hatte sich nicht nur mit Sinnlichkeit, sondern auch mit Sinnhaftigkeit, mit Glück und Geborgenheit, letztendlich mit seinem Ziel befreundet. Nein, der Weißhaarige spürte beinahe so etwas wie menschliche Gier in sich, er mußte unbedingt dieses engelhafte Wesen für sich gewinnen: er mußte es erkennen können, er mußte seinen Anfang und sein Ende spüren können. Es konnte ja unmöglich nur einer seiner mentalen Verdrehtheiten entsprungen sein.

Der Weißhaarige senkte ein wenig seine Augenlider und fragte mit zart zitternder Stimme: „Guten Tag, darf ich Sie fragen, wie Ihr Name ist?"

„Fragen dürfen Sie selbstverständlich gerne alles, das steht Ihnen völlig frei," antwortete das Wesen, „aber ich fürchte, daß mein Name wohl immer ein Rätsel bleiben wird. Er wird Ihnen nicht *viel sagen. Aber diese Problematik haben Sie ja bereits (- und hierbei wies es mit freundlich – einladender Geste auf den Dritten im Raume hin -) ausführlich mit unserem Freund hier besprochen." Hierbei zwinkerte ein kurzes, spöttisch – liebliches Lächeln um seine wohlgeformten Mundwinkel.*

„Nein, nein", wehrte der schwarze Mann mit der linken Hand energisch ab, „wir sind keine Freunde. Wir werden auch niemals Freunde werden. Zu oft schon haben Sie mir ein Schnippchen geschlagen. Und das insbesondere, wenn der da – dabei zeigte er etwas abschätzig auf den Weißhaarigen – seinen Joker ins Spiel geworfen hat. Dummerweise scheint er hiervon mehrere Mutanten zu besitzen. Nun ja, vielleicht sollten wir uns auf das notwendige Miteinander beschränken. Bitte keine Verbrüderungen. Im übrigen stützen mich eherne, unverrückbare Gesetze. Ein Schnippchen wird man vielleicht hin und wieder schlagen können. Jedoch bin ich kein Feldherr, dem die Zukunft ein Waterloo ins Stammbuch geschrieben hat."

„Ich fürchte nur, sie überzeichnen etwas Ihre anmaßende Bedeutungstiefe", entgegnete das helle Wesen, „ sehen Sie, ich bin zwar scheu wie ein Reh, doch wem es gelingt, mich zu füttern, der findet Zutritt zu den Kathedralen des Lebens, zur Freude. Die ehernen Gesetze, die Sie anführen, sind doch etwas aufgesetzt. Und das, was Sie etwas

verächtlich „Joker" nennen - hierbei zwinkerte er etwas kokett – lächelnd dem weißhaarigen Mann zu - , ist einer meiner besten Verbündeten gegen die scheinbaren Unabänderlichkeiten, die die Menschenkinder beim Gang durch ihre Jahre erwarten. Leider behandeln mich wohl zu Ihrer tiefsten Freude nicht alle Menschen gut. Einige legen mich in Ketten, andere loben mich hingegen in den Himmel, wieder andere würden mich am liebsten auf der Stelle liquidieren. Doch die, denen ich teurer bin als ihr Leben, sind leider ausgesprochen selten. Meine Haut ist zart und dünn, sie blutet leicht. Wer mich in Ketten legen will, sollte dies berücksichtigen. Manche möchten mich aber einfach nur einsperren. Aber das ist natürlich nicht möglich. Ich bin das, was auch im sichersten Gefängnis hinter den dicksten Gefängnismauern dem aufrechten menschlichen Geist als Licht leuchtet. Nein, man kann mich weder richtig einsperren noch gar töten. Doch der, der mich gewinnt, gewinnt sein Leben. "

Der Weißhaarige hörte diesen Worten aufmerksam zu. Um das Spiel der Worte, die Körper und Kräfte dieser Worte besser verinnerlichen zu können, hatte er die Augenlider dicht geschlossen. Das erkennbare Dunkel öffnete ihm das Tor zur zweiten Wahrheit hinter dem Sprechenden und vor allem auch hinter dem Gesprochenen. Es war ihm nun möglich, tiefer in das Innerste dieses leuchtenden Wesens zu schauen. Wer die Augen schließt, sieht mehr. Die Dunkelheit gab den Blick frei. Jenseits der sichtbaren Welt schien das Dunkel wirklichere Wirklichkeiten zu enthüllen. Der Weißhaarige richtete nun das Wort an diese helle Gestalt: „Was ich nicht so recht verstehe, ist, daß ich zuerst den Eindruck hatte, daß Sie eine wunderschöne Frau sind. Mitunter glaubte ich jedoch, mich korrigieren zu müssen, da ich zu sehen glaubte, daß Sie doch eher ein schöner Jüngling sind. Wie können Sie mir dieses Wechselhafte im Erkennen erklären?"

„Nun, diese Erklärung ist im Grunde genommen sehr einfach. Die Natur ist in keinem Bereich eine festgelegte Größe. Und schon gar nicht ist sie nur auf die sogenannten Geschlechter von Mann und Frau oder von männlich und weiblich festgelegt. Jeder Mensch sieht deshalb in mir das, was zu ihm die sinnvolle Ergänzung bildet. Ein Mann ist eben nicht nur ein Mann und eine Frau ist eben nicht nur eine Frau. Beiden von den Menschen so bezeichneten Geschlechtern gemeinsam ist, daß in sie jeweils eingemischte Anteile unterschiedlichen Ausmaßes des anderen Geschlechts eingewoben sind. Wie in allen Segmenten, so bietet die Natur auch hier immer ein weites Spektrum möglicher Möglichkeiten. Die Menschen neigen in ihrem Denken leider dazu, Einheiten, Klassen oder ähnliches zu denken oder besser gesagt zu erfinden. Menschen, die „natürlich denken" haben nicht solche Schwierigkeiten, die natürlich vorkommenden fließenden Übergänge in ihre Gedankenwelten mit einzubeziehen. Ein gewisses „spektrales Denken" ist wohl angesagt. Wer meine Wesenheit nicht in sein Denken einfließen läßt, neigt dazu, die Dinge zu vereinfachend zu sehen. Und wer die Dinge zu vereinfachend sieht, verliert Informationsinhalte, verliert belebende Bewußtseinsmöglichkeiten. Die Natur in ihrer Gesamtheit erkennen zu wollen, gestattet nicht, in eindimensionale, streng kategorisierende Denkschablonen zu verfallen. Leider setzt dies beim Einzelnen eine sich immer neu regenerierende Kampfbereitschaft und einen entsprechend starken Willen voraus."

Der Weißhaarige nickte etwas versonnen vor sich hin. Langsam dämmerte es ihm, mit wem er sich in diesem zunächst etwas abgedunkelten, dann doch deutlich erhellten Raum getroffen hatte. Seine Stadt hieß wohl Saarbrücken. Aber jeder Mensch hat seine eigene Stadt. Auch würde jeder einzelne Mensch seine ganz persönliche Interpretation favorisieren. 40 Jahre waren dahingegangen. Bei wie vielen ziehen auch mehr als 40 Jahre ins Land. Bei manchen Auserwählten mögen diese Begegnungen auch schon in jungen Jahren stattfinden. Auch hierin offenbart die Natur ihre „spektralen Eigenschaften".

Der Weißhaarige spürte, wie sich die Gegenwart langsam wieder zurückmeldete: die Erinnerungen an den regen Straßenverkehr, das „wirkliche" Leben in der großen Stadt. Ihm fielen die sogenannten Ziele wieder ein, für die diese Menschen da draußen bereit waren, alles aufs Spiel zu setzen, alles zu riskieren bis hin zu ihrem Leben. Letztendlich war doch zum großen, alles dominierenden Ziel aller der Besitz jenes uralten Götzen, den sie „Geld" nennen, stilisiert worden. Das Geld herrscht mit gnadenloser, unabänderlicher Gewalt in der Neuzeit über alle Facetten menschlichen Seins. Die Macht des Geldes zerstört ganze Industriezweige und baut andere wieder auf. Die Menschen schwimmen auf den Wogen des Geldes wie kleine hilflose Wesen, die verzweifelt Halt, einen Anker oder was auch immer suchen. Das Geld ist zum Maß aller Dinge geworden. Das Geld gibt Arbeit und nimmt Arbeit. Das Geld im Portemonnaie entscheidet über Ansehen und Einfluß, über Macht und verfügbare Lebenszeit des Einzelnen. Ist Geld gar ein Naturprinzip? Wohl kaum, denn wo sind seine Symmetrie, seine Dichotomie, seine spektralen Eigenschaften oder sein Wandel verborgen. Das Geld blendet nur durch die Zahl. Die Zahl aber ist nur eine Abstraktion, eine Illusion. Wenn das Geld aber kein Teil der Natur ist, dann muß die Frage erlaubt sein: „Was kommt nach dem Geld? Was geschieht, wenn dieser alles beherrschende Wert

„Geld" zerbricht, wenn dieser Dinosaurier der Neuzeit dem Mächtigsten, dem Werden und Vergehen in der Natur zum Opfer fällt ?" Eigentümlicherweise ist der Wert des Geldes ein zugewiesener Wert, ein Wert, den Menschenhand und Menschenkopf verliehen haben. Wie nun, wenn ebendiese Menschenhand und ebendieser Menschenkopf den dieser Materie zugewiesenen Wert wieder entziehen, eventuell global ? Welche Pforte der Evolution wird sich dann bereitwillig öffnen ? Zur Zeit stürmen nach dem Tod der Ideologien die Wogen der Geld-Welt auf eine neue Aufzweigung, eine neue noch unbekannte Dichotomie, einen neuen Knotenpunkt der Existenz zu. Diese Wellen türmen sich bereits haushoch auf und suchen mit der ihnen eigenen Urgewalt jenen neuen Weg, jene neue Richtung. Alle diese Betrachtungen durchfluteten mit einem Male die Gedanken des Weißhaarigen. Vierzig Jahre hatte er benötigt, um ein bewußtes Rendezvous mit den beiden Herren, beziehungsweise jenem Herrn und jener Dame zu inszenieren. Immerhin gewann er den Glauben, daß sich dies gelohnt hatte. Unversehens gewahrte er, daß ihm eine neue Aufgabe übertragen worden war. Eine Aufgabe, die den ganzen Menschen fordert.

„Ja", sagte die schwarze Gestalt zu seiner Linken, *„ gehen Sie hin und finden Sie diesen neuen Weg. Finden Sie die Straße jenseits des*

Geldes, die Straße, die dorthin führt, wo die Herzen der Menschen noch offen sind. Gehen Sie dorthin. Ich werde Sie selbstverständlich begleiten. Aber Sie können gewiß sein, ich kann mich unerwarteterweise eines gewissen Wohlwollens nicht erwehren. Es gelingt nicht oft, daß man mir eine Emotion abgewinnt, oder sollte ich sagen: abtrotzt. Ich hoffe nur um der Menschen willen, daß Ihnen eine genügend große Zahl dieser Menschen folgen wird."

„Nehmen Sie bitte auch mich mit", sprach die hübsche Frau zu seiner Rechten. Ihre Ausstrahlung, der Glanz ihrer Augen, Ihre Verletzlichkeit, die Freude in ihrem Wesen hatten den Weißhaarigen bereits vom ersten Gewahrwerden an betört. Er hatte das Gefühl, daß hier eine ganz besonders wertvolle Bande der Liebe entstanden war. Die „Frau" sagte: „Ich weiß wohl, daß ich für manch einen eine Last bin. Es starben auch schon einige Menschen, die mich nicht wegschicken wollten. Aber die, die mich mißachten und demütigen, verlieren etwas sehr Kostbares. Und für alles, was kostbar ist, muß man Tag für Tag neu hart kämpfen. Wenn ich fliehe, flieht das Glück mit mir."

Der Weißhaarige wußte, daß er beide mitnehmen würde, den Einen, weil er muß, die andere, weil er will. „Nun", sagte der Schwarze zum weißhaarigen Mann, „Philipp, das ist doch Ihr Name. Lassen Sie uns gehen." Der Weißhaarige antwortete: „Ja, lassen Sie uns gehen!" Er öffnete die Tür und alle drei verließen den Raum. Doch nur einer, Philipp, betrat die Straße. Die Sonne brannte heiß auf die Erde nieder. Philipp schritt mit wohlabgewogenem Gang über das Kopfsteinpflaster. Sein Bewußtsein fühlte die neue und doch alte Last auf seinen breiten Schultern. Die neue, ihm unversehens zugewiesene Aufgabe dürfte sehr schwierig zu lösen sein. Dies war ihm völlig klar. Er sah sich der gewaltigsten Herausforderung seines bisherigen Lebens gegenüber. Er wußte auch und hoffte sehr, daß er genügend Menschen finden würde, die ihm hierbei helfen würden.

Unter der Einwirkung der heißen Sonnenstrahlen tropften seine Gedanken auf das Kopfsteinpflaster, das er mit vorsichtigen Schritten überquerte. Beim Zerspringen dieser Tropfen auf dem heißen Stein hatte er den Eindruck, daß feinste Denkfragmente bis in Atemhöhe stiegen. Nichts geht verloren. Philipp sog diese Luft tief in seinen Brustkorb ein und dachte mit sodann erhobenem Haupt: „Mein Gott, ein Königreich für ein Meer dieser Gedanken."

Das ist der Weisheit letzter Schluß:

Nur der verdient die Freiheit wie das

Leben,

Der täglich sie erobern muß.

(Goethe, Faust, II, 5 (Faust))